詩と短編集

終活で見つけた僕の青春

もくじ

1　夏のない四季

うたたね

うたたねのあとのめざめは
慰めようもないほど侘しくて
凍え死にたくさえなります。
洟《はな》をすすりながら
寝冷えた体のねぼけまなこで
冬の東雲近く
ふとんを延ぶれば
侘しさも極みです。

魚

魚が
海を泳ぐものだと知らず
蝶のように
空を飛んでいたとしたら
何とあはれなことだろう

不安

たとえば

出掛けに合せたばかりの
腕時計が信用できず、
吊革に手を伸した
娘の腕時計に眼をやり、
それも九時十分なので安心する。

再びふと腕時計を見、
その十時八分が不安でならず、
通り掛りの人に聞き、
もうそんな時間なのかと思う。

毎日が、
たとえば
そんな不安の繰り返し。

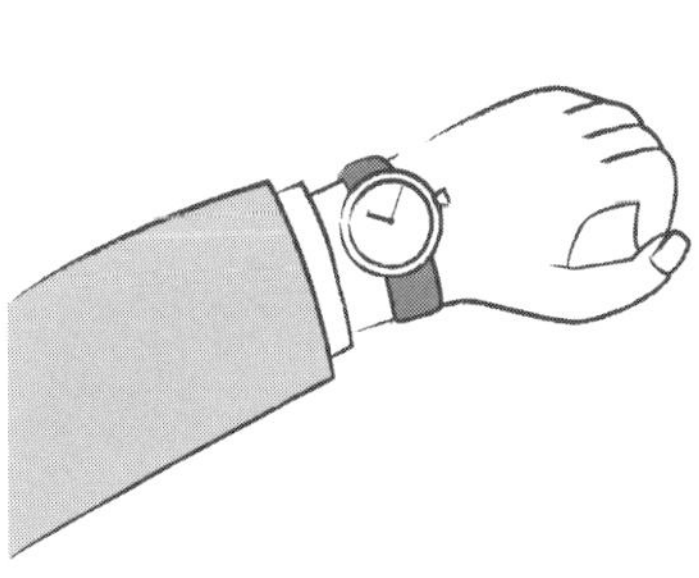

わからない

僕はあなたに魅せられて
僕はぼくがわからない。
きのうも
あなたと歩いてるのに
向うから来る人を
ほんのしばらく
あなたと見まちがえた。
僕はあなたがわからない。

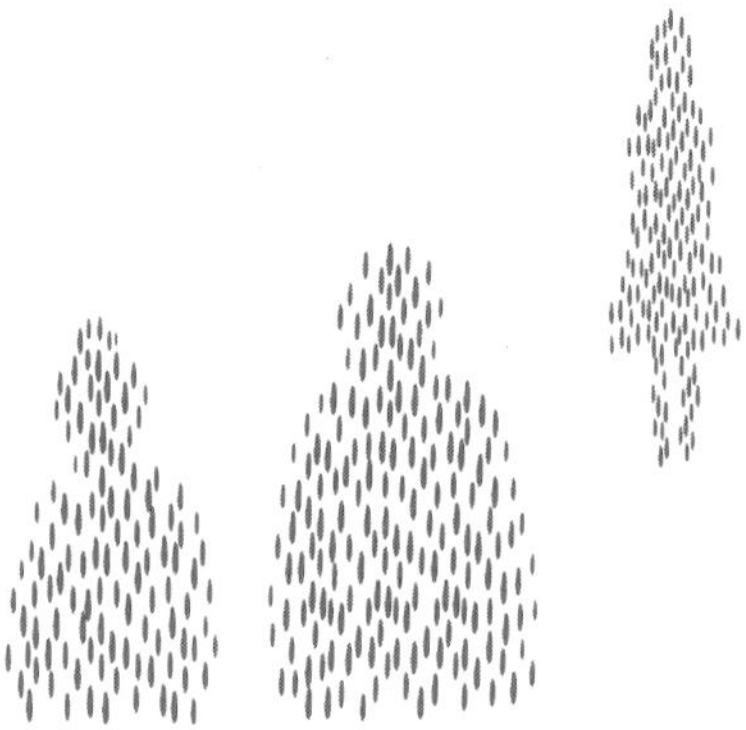

いちよう

寒気のつれなさに
散ってしまったけれど、
いちようの葉は
来年またよみがえるであろう。
だが、
ぼくの心は
いつかまた温もるだろうか。
一体、
ぼくにとっての
太陽って何だろう。

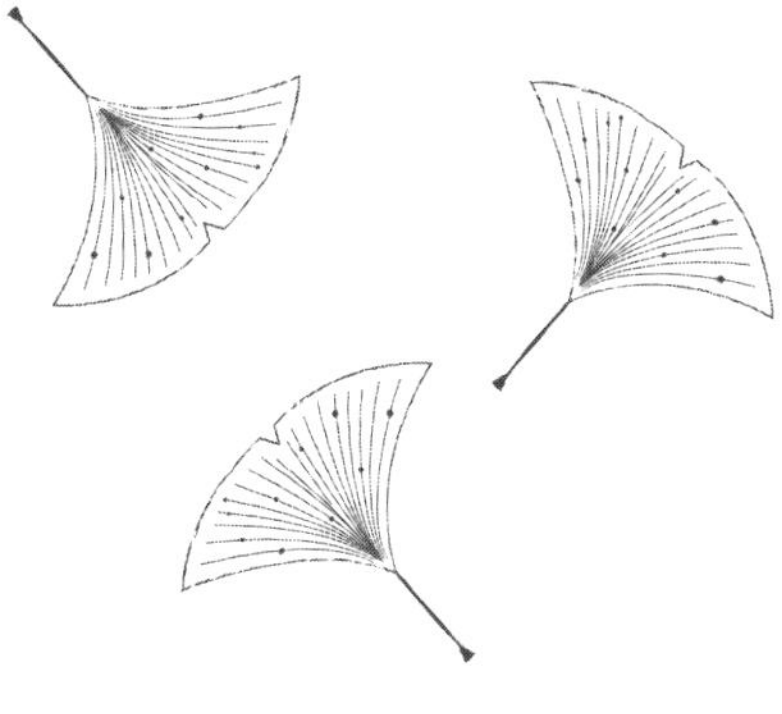

静寂

光がふっている。
朝の窓辺に
光が音をたてて
ふっている。
その音が
聞えてくるようだ。

青春の忘れ物

うさぎの形した赤い風船を
空高く踊らせながら、
花びらの風の中、
語らい歩む若いふたり。
その微笑みあった長い影が、
大そう幸せそうに
ベンチの僕を踏み越えて、
ひとり淋しかった僕の青春は、
二十六の夕暮れに、
大切な忘れ物に気がついた。

2　侘しい滑稽

啓蒙なる言葉

単調な反復の浪音ばかりの
闇夜の磯で
眼は憂鬱の暗闇に馴れて
仄かな光を見た
　　銀色の涼光
　　　ー海に沈んだ星火の瞬き
　　　ー別離を悲しむ人魚の涙
腐爛《くさ》つた魚の臭いが満ちて
ーあわれ
神秘の瞬きを
屍に寄生する海ホタルと
啓蒙なる言葉が教えた

緑洋（白浜にて）

今しがた白い泡沫に打ち洗われていた盤石は見る見る
怪物のごとく黒い姿を現わした。
何千畳あろうか盤石は海を遠くへ追い立て新しい海岸線を
その懸崖と成していた。
羸《るい》痩《そう》の怪物をフジツボで被ったような
潮間のこの懸崖から見下す海は
怪物の住処に相応しい翡翠色の、
海は実に高彩色の緑洋であった。

孤独の魚

干潮の磯に憔悴《やつ》れた男は
真ん丸い小さな潮溜りに
一尾だけの魚を見た。
揺漾《ゆれ》もせず
底にじっと熟考《かんが》えていた。
男は彼に孤独を与えてそっと去つた。

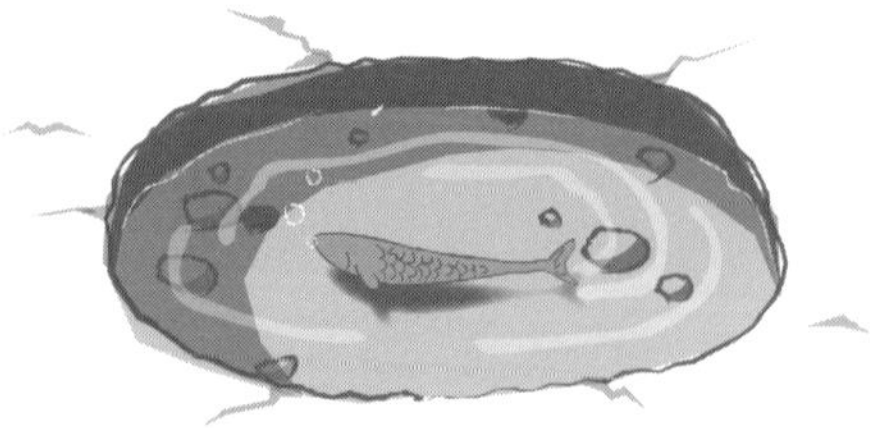

侘しい滑稽

今出川通に並んだタクシーの群。
凝らした化粧の匂いを車に置き忘れ
ハンドバックしか持たぬ女が
大学へ駆け込む姿。
予備校への途
ぼくの凍った心は今朝も侘しい滑稽を見た。

舟酔いのうた

舟酔いはとてもいやな気分です
うみゆれり
ふねゆれり
ゆらりくらりとゆれました
ふねゆれり
うみゆれり
ゆらりふわりとよいました
　ふねゆれり
うみゆれり

ぐらりばさりとゆれました
うみゆれり
ふねうねり
ぐらりげろげろよいました
ふねうねり
うみうねり
港はまだまだ　とおいかな
うみうねり
ふねうねり
いつまでつづくことかしら

柿の実が
ぼたりと落ちた
日向ぼこ

3　八月中旬の感想

軽蔑すべき言葉

嘘と暴言は最も軽蔑すべき言葉である。

墓

墓は死者の為ではなく生者の為にこそ造られる。

耐え難い憂鬱

全く別の人々から同一の語彙で話しかけられると
耐え難い憂鬱を感じる。

少年

アノネ　ボクネ………
ヤッパリ言ウノヤメタ。
臆病な少年はこのようなことばを繰り返して
いる内に年をとってしまうのでしょうか。

美人の眼

美人の乗っている電車に
美人が乗って来た
そして
美人が
美人を見た時
美人の眼が
美人でなくなった

ぼくのフルート

ぼくのフルートこわれてる
ドレミハソラシド
ファがでない
ドシラソハミレド
ファがでない
いくら吹いてもファがでない
ドレミハハハハ
ドシラソハハハハ
ぼくのフルート笑ってる

4　かげろうのような恋

恋人同士のゆめ

恋を夢にたとえたら
恋人同士のみる夢は
あなたと私の喫茶店
ゆうべ私のみた夢は
ふたりで語る喫茶店
だけどあなたのみた夢は
私のいない喫茶店
どこにあるの
恋人同士の喫茶店

恋を夢にたとえたら
恋人同士のみる夢は
あなたと私のラブレター
ゆうべ私のみた夢は
ふたりが出し合うラブレター
だけどあなたのみた夢は
宛名のないラブレター
誰に書いたの
恋人同士のラブレター

ためいき

あなたとお別れするなんて
私をこんなに燃えさせて
ホントニ夢デヨカッタと
悲しみと
悲しみと
悲しみばかりの
夢のあとの
あつい泪の
ためいきでした

あなたと私のしのび会う
そんな夜がもうないなんて
ホントニ夢デヨカッタと
淋しさと
淋しさと
淋しさばかりの
ゆめのあとの
あつい心の
ためいきでした

おもいで

あなたに初めて会った夜は
空にきれいな流れ星
あなたと並んだ私の肩に
いくつもいくつも流れ星
あなたに初めて会った夜は
空にきれいな流れ星

あなたと交わしたくちづけは
虫の音さやかな秋の夜
あなたと私の睦言に
きれいなきれいな虫の声
あなたと初めて見た夢は
星の王子とお姫さま

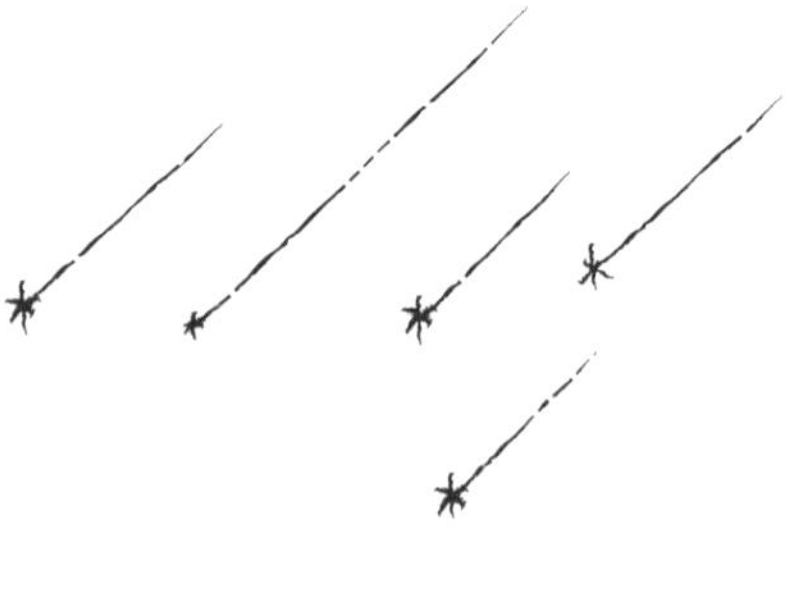

私が死ぬほど泣いた夜は
海にきれいな夜光虫
私の流した泪の海に
悲しい悲しい夜光虫
私が死ぬほど泣いた夜は
海にきれいな夜光虫

あなたと私の思い出は
初めて会った流れ星
私の密かなおもかげの
あなたは夢路の王子さま
あなたのいない寒い夜は
私もなりたい夜光虫

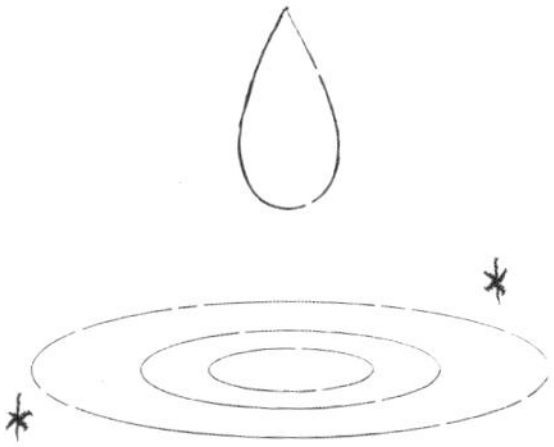

かげろう

春の野に
かげろうゆれる逃げ水は
別れた恋のおもかげか
追えば逃げてく
逃げれば追ってく
かげろうのような恋のおもかげか

ほかほかと
かげろう燃える逃げ水は
恋のわずかな芽ばえかも
追えば逃げてく
逃げれば追ってく
かげろうのような恋のめばえかも

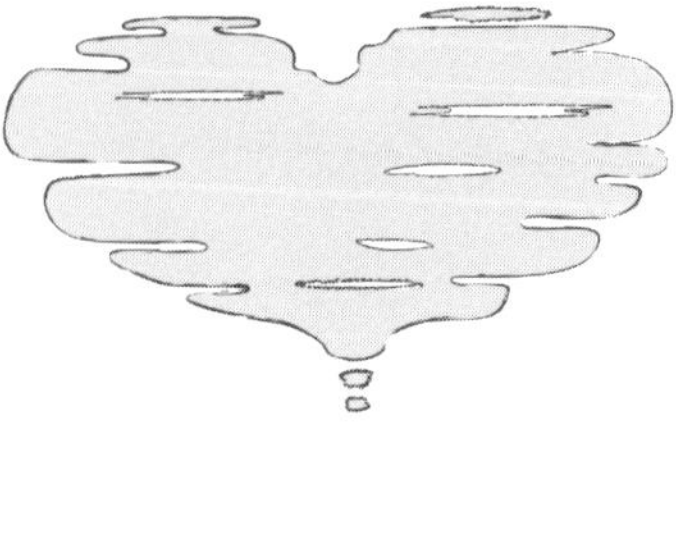

さめたコーヒ

雨ふりの喫茶店
さめたコーヒ
こない彼。
水玉模様の傘の中
ひとり歩く夕暮
雑踏の街。

雨あがり
あじさいとかたつむり
彼とわたし
移り気
おくびょう。
太陽のまぶしさ
消えた虹。

古い日記

古い日記をおさらいしたいの
あなたに貰ったお人形
私のあげた赤いバラ
いくら書いても書き足りない
好きという字とあなたの名前
ぎっしり詰った日記の中に
あなたと私の愛がある

古い日記をおさらいしたいの
あなたのことがなつかしく
そっと開けば涙がにじむ
文字で飾った日記の中の
白いページは愛の終り
静かに閉じた日記の中で
あなたと私の愛が消えた

5 縮図

縮図

黒い蒸気機関車に牽かれた列車が
秋祭りの村を通り抜けていく。
着飾った子供たちが稲穂の中を
線路に向って飛んで行き、
列車にできるだけ近い所で、
綿菓子や飴細工を握った手を思いきり振っている。
子供たちは列車の人たちが
手を振ってくれるのがうれしいのだ。
列車の窓からは人の好さそうな大人たち。
子供たちが黄色い霧を一杯浴びているのに。
夕餉のお数は何だろう。
子供たちは楽しそうだ。
汽笛が鳴り渡って、
黄色い村に平和そうな田園の風景があった。

廃村の秋

すすきが
陽光に酔ったかのごとく
きらきらと輝いて
山路の秋は
いかにも楽しげだ。
その中に斜いたまま立っている
一本の案山子さえなかったら
誰も廃村とは思わない。

からすが
夕陽を一点に集めたような柿の実を
一心に突ついていた。

6 少年と子犬

仲間に大将と呼ばれている哲は成績の方も良かったから、よくある勉強嫌いを代償するための喧嘩大将ではなかった。六年生にしては大きすぎる図体が哲を大将と呼ばせたのである。仲間にどんな喧嘩があっても、彼の巨体が間に割り込めばそれだけで仲裁になった。皆が自分を大将と認めて呉れるので彼は有頂天であった。

その哲がここ数日憂色をたたえている。彼はこの六日間、学校が引けると息つく間もなく山を駆けずり回っているのである。七人の子分が、犬獲りを真似た針金の輪や棒切れを持って彼に従っている。哲はあさってまでにどうしても犬一匹を捕えなければならないのであるが、それが思っていた程容易に運ばないのである。

月曜の理科の時間であった。「来週の解剖に犬を二匹欲しいんですが、一匹は給食室のを貰うことになってますので、誰か、もう一匹野良犬でも捜して来て呉れませんか」と、担任の先生が尋ねたが、生徒は皆黙っていた。日頃から何か大将らしい手柄を立てたいと願っていた哲には、今こそ好機と思われた。やがて、頃を見計らって、沈黙を読ける生徒の間から、哲が勇敢そうに名乗り出た。彼は皆に出来ないことをすることに大将の任務としての誇りを感じ、また、これをなすことが自分に対する信頼を増すことになると思った。生徒達の単なるどよめきを彼は自分に対する称賛と受け取り、決してこの期待を裏切らないと心に誓ったのである。

その日から、哲はひたすらに犬を捜し回っている。彼は嘗て、山で遊びながら、犬を追い掛けたり、あるいは、人懐っこい犬を子分の一員に加えたりしたことがよくあったから、犬の一匹位すぐ捕えられると思っていた。しかし月曜日も、火曜日も……五日経っても、六日経っても犬は見つからなかった。そして六日目も無駄に陽が沈むと、流石の大将も気が焦った。——自分の犬を心待ちしている仲間。その期待に背いて現われる自分。皆の軽蔑するような視線。その前にきまり悪そうな自分。——そんなことを考えながらも、子分達の手前、哲はなるべく快活を装って家路を急いだ。しかし、やがて皆と別れて、自分を偽る必要がなくなると、彼は一入の心寂しさを味わった。皆は自分を嘘つきと思うだろう。もう大将とは思って呉れなくなる。哲は気を紛らすためか、棒を振り回しながら歩いていたが、突然、ふと手が辷って、棒は勢よく後へ飛んだ。ハッとして振り返った哲が、一瞬、電撃にでも打たれたかのように立ち止った。彼の目に「犬」という文字が映ったのである。〈かわいい小犬あげます〉という貼紙が、古ぼけた民家の戸口にしてあった。藁にでも縋りたい思いの哲には、これが、まるで、神の救いというもののようにさえ思えた。彼は動悸を押えかねて、低い潜戸を開けた。

出て来たのは、六十過ぎの小柄な白髪の老女であった。哲がまだ何も言わないのに、老女が、「どれになさる」と白い三匹の子犬を見せるのが、彼には不思議でならなかった。哲には、この老女が宛ら神様のように思えた。哲が咄嗟に尾の黒い一番大きいのを言うと、老女はその犬に何度も頬擦りをして涙さえ見せるので、彼は老女が犬の運命を知って悲しんでいるのかも知れないと思った。彼は早くこの老女の前から逃げ出したくなった。すると、またそれを察したかのように、老女は「かわいがって下さいよ」と子犬に赤い紐の付いた首輪を嵌め、更に、お嫁に行くのだからと半紙にくるんで熨斗まで付けた骨を一緒に差し出した。彼は一寸躊躇いながら、「ありがとッ」と言い捨てて、逃げるようにその家を出た。

床についてからも昼間の老女のことばかり考えていた所為もあって、哲は夢中にも白髪の老女を見た。老女は犬を抱いた哲の後から、長い杖を突いて、不思議に物凄い速さで追って来た。哲は焦ったいほど足が縺れて、すぐに追い付かれた。老女は追い越し際、哲に二言三言言ったかと思うと、彼の腕から子犬を奪い取って颯と消えてしまった。

翌朝、哲は犬のことが気になって真っ先に見に行った。—イナイ！箱の中には、赤い紐が垂れ下っているだけであった。彼は気が狂いそうなほど驚いた。まだ夢を見ているのだろうか。哲は何かで覚えたように頬を抓ってみたが、やっぱり痛かった。とすると、あの子犬は、屹度、あのお婆さんの所へ帰ったに違いない。咄嗟にそう決めると、彼はパジャマのまま老女の家へと走った。哲の心は、合格発表を観に行く受験生の心に似ていた。

　少し開いている戸の隙間からそっと覗いた哲の目がふと泪に曇った。箱には一匹の犬もいなかった。昨夕のことは夢だったのだろうか。あのお婆さんはいるのだろうか。そう思って中へ入ろうとしたが、何だか、老女に自分の気持を見透されそうな怖ろしい気がして、引返そうとした時であった。背後に昨夜の老女が立っていたので、彼は飛び上らんばかりに驚いた。だが、老女は唯にこやかに笑顔を見せるだけであった。老女の後の母犬に子犬が二匹じゃれてはいたが、彼の期待していた尾の黒いのは現われなかった。老女が「ゆうべは鳴きませんでしたか」と尋ねるので、哲は怯る怯る「はい」とだけ答えた。彼はその後どんなことを問われるか不安でならなかったので、手っ取り早くペコンとお辞儀をしてその場を走り去った。走りながら哲は唯あの犬の行方だけを考えていた。

　哲が家に帰ってから暫らくして、いつもは早起きな筈の父の俊一朗がやっと起きてきた。哲は彼に犬のことを尋ねてはみたが、彼からまともな返事が聞ける筈はなかった。実は、彼こそ犬を失踪させた張本人だったのである。彼は病的な程の犬好きであったが、是までに一度も犬を飼ったことはなかった。よく懐いた犬との死別を想像するだけで堪らなくなり、とても飼う気にはなれないのである。そんな彼であるから、昨夜哲から犬のことを聞いてからはその犬をかわいそうがって、夕食も満足に喉を通らなかったのである。そしてとうとう哲が寝静まってからそっと遠くへ捨てに行ったのである。

　昨夜とは打って変って食欲の進む俊一朗に代って、今朝は哲の茶碗が空かぬ番になった。やがて曲りなりにも食事を終えると、彼は一人で山へ出かけた。子犬が山にいるとは限らないのに、すっかり気が参っていた哲はいつの間にか、六日間歩き回った山へあの犬が逃げたものと信じ切っていた。時間に追われている哲には、とても子分達と一緒に遊び半分で山を駆け回る気にはなれなかった。彼は山中でただ白い物だけに目が止った。鳥や野兎は勿論、径に散らばつた紙切れ、谷間の白い泡立ち、梢を透して見える白さえが彼を引き留めた。

　昼すぎ、哲は後を追ってきた子分の一行に出会ったが、彼らにあの子犬の話を言いそびれた。彼らがあの棚牡丹式の話を完全に信ずるとは思えず、寧ろ切羽詰った哲の言い訳と思われそうであったからである。

　結局、その日も犬は見つからず、しょんぼり帰路にある哲には眼前の美しい夕焼けが夢のようであった。彼は明日の惨めな自分が、堪らなく侘しく想え、もう棒を振る気にもなれなかった。もしやと老女の家を覗いてみたが心の重荷は増えるばかりであった。まだ貼紙はしてあったが、哲にはこれ以上老女に会うのが怖ろしかった。

　夕食後から降り出した雨の音とともに雑念が馳せて眠れぬ夜であったが、哲は十時を回って漸く寝付いた。彼はその夜も夢を見た。理科の時間。ぎらぎら光る真っ白い教室の真ん中に白い子犬が仰向けに死んでいた。その体に四方八方から次々と生徒の鋭いメスが刺さった。そのたび毎に死んだ子犬が悲鳴をあげ、メスの先からは赤い紐が迸り跳ねた。その恐しさに哲は身震いがして目覚めた。その時彼は確かに犬の鳴き声を聞いたように思った。彼は跳ね起きて外を見た。雨に打たれた路上に白い子犬が帰っていた。彼は飛んで行って、あの日老女がしたように何度もその濡れた犬に頬擦りをした。犬の方も負けずに哲の顔を舐め回わした。彼には迚もこの子犬が雨中を自分で帰って来たとは信じられなかった。あの老女がこっそりと連れて来たとしか思えなかった。哲は濡れた子犬と大将の地位とを秤に掛けてみた。騒ぎに目を覚まして起きて来た俊一朗に哲はこの犬を家に置かせて欲しいと頼んだ。

翌朝はゆうべの雨が夢のように晴れ上って、哲が七日間歩き回った山には美しく靄が立ち籠めていた。哲は清々しい気持ちで朝を迎えた。彼はそれまでに色々と憂苦した仲間の非難をもはや恐れてはいなかった。「大将」に対する未練も失せていた。哲の心は昨夜の雨にすっかり洗われたようであった。

7　みどりの花

散歩の好きな少年がいました。少年は時々公園で長い髪の少女をみかけることがありました。少女は歩いていたり、座って本を読んでいたり、噴水を瞠めていたり、写生をしていたりいろいろでした。服装もいろいろでしたが、一つだけいつも同じ所がありました。それは頭に緑のリボンをつけているということでした。

ある日、少年はそのことに気づいて、少女に尋ねました。

「君はなぜいつも緑のリボンをしているの？」

すると、少女は恥しそうに、

「だって緑のお花って見たことないから」

と答えました。その日から、少年は少女と話をするようになりました。

ある日、少女がはずんだ声で少年に言いました。

「私、きょう、口紅つけてみたの」

その少女に化粧はまだ不似合でした。しかし、少年はそうしたいという少女の心が美しいと思ったので、

「きれいだね」

と言いました。

しばらくしてから、少女が言いました。

「男の人はお化粧しないのに、どうして女の人だけお化粧するのかしら？お化粧するって嘘をつくことなのかしら？」

少女が悲しそうに言うので、少年は
「それは、女性の方がより幸せになりたいって願ってる証拠かもしれないね」

と、半分嘘を言って少女を励ましました。

夕焼の美しいある日のこと、

「きれいでしょ？」

と少女がたんぽぽを夕焼にかざしながら言いました。その時、少年はふと、少女が自分のことを言ったのではないかと思いました。少年には少女の言いようがそれほど美しかったのです。少女は、少年がじっと自分を瞠めているのにとまどって、たんぽぽを指でまわしたり、口へもっていったりしていました。

しばらくして、少女が
「どうして緑のお花ってないの？」

と尋ねるので、少年は、

「それは昆虫のためだよ。昆虫が花粉を運んで来た時に、わかりやすいように、花は葉っぱと違った色をしてるんだよ」

と、植物学者のように説明しました。すると、少女は納得したようにうなずいて、また尋ねました。

「じゃあどうして私達の唇はそこだけ紅い色をしているの？」

「それは……」

と言いながら少年は考えました。少女は少年の目を瞠めるようにして聞いていました。

「それは……（愛する人のためだよ）」

と言いかけて少年は止めました。

そして、そう答える代りに少年は少女の紅い唇にやさしくくちづけをしました。

夕焼が二人の頬をまっかに染めました。

8　車中の風景

十月十四日、京都から西舞鶴まで乗車した急行「丹後二号」車中での体験を、原稿〆切り日ぎりぎりの十六日夜、「ノクチルカ」に飛び載せようと走り書きする。

I

その日、発車のベルを聞きながら、京都から飛び乗った「丹後二号」は、割合すいていて一ボックスに一、二人ずつ座っている程度であった。私は最後尾の入口近く、母子づれの前に座った。母親は三十位の笑顔の美しい人で、子供は「お兄さん、何処から来たの?」と言うのを、「おニィシャン、どこかあキシャノ?」と言う位の年の女の子であった。その子供は沿線の民家を指さしては、「おカアシャン、チィシャナおうちだね」「おカアシャン、チィシャナおうちだね」ばかり言っていた。

二条駅に着いても、その駅舎を指さして「ボクンチよりチイシャイおうちだね」と言った(その子供は自分のことをボクと言っていた)。母親は子供を見て微笑みながら聞いていた。私はその母子を見ながら、どんな家に住んでいる人かなと思っていた。少しして、「チイシャナおうちだね」ばかり言っていた子供が、「ボクンチとオンナジおうちあるよ、オカアシャン」と言った。見ると、その子供の指は鉄筋四階建の公団アパートをさしていた。母親は相変らず微笑みながら聞いていた。その母子は大そう微笑ましかった。

しばらくして、車掌が検札に来たあとで、子供が母親に聞いていた。「オカアシャン、どおして急行の方が少し（の時間）しか乗らないのにお金タクシャンいるの？」その子供にとっては、早く着くことよりも乗物に乗っていることの方が重要なのである。その子供は、亀岡で母親に抱かれて「もうおりるの、おカアシャン」「おニィシャン、バイバイ」と言い残して列車を降りていった。

Ⅱ

亀岡からは、母子の席に二人づれの女の子が「空いてますか？」と言って座った。一人は寺山修司風に「髪の長い、目の大きな女の子」で、もう一人は水上勉風の「素直な田舎娘らしい佳さの感じられ」る女の子であった。二人は窓の外を見ながら楽しそうにペチャクチャペチャクチャとしゃべっていたが、しばらくして水上勉風の女の子が、列車と並行して走っている国道沿いのモーテルの一つを指さして、「あんなガレージ付きのおうちステキね！そう思わない？」と言った。もう一人の寺山修司風の女の子も大きな目を輝かせるようにして「本当ね、あんなおうちに住んでみたいわー」と言った。そのモーテルは一棟ずつ離れていて、その間がガレージになった北欧民家風のものであった。

かわいい少女と向い合せで旅をした
「空いてますか」「どうぞ」と言ったきり
何の会話もなかったけれど
ボクはとても恥じらって
まるでお見合いみたいなひとときでした

その女の子達は相変らずペチャクチャペチャクチャ話しながら園部で列車を降りていった。

Ⅲ

園部から綾部まで、私の前は空席であった。

Ⅳ

綾部で私の前の空席に、五十近い二人のオバさんが「奥さんここにしましょうか」、「そうですな」と言いながら座った。二人はガニマタ気味に座って、派手な女性週刊誌を見ながら、その記事を話題にガアガアしゃべっていたが、その内に一人のオバさんが眠ってしまうと、もう一人が私に話しかけてきた。そのオバさんは私の身上調査から始めたがそれが終らぬ内に列車が西舞鶴に近づくと、「ここに住んでいますから遊びに来て下さい。月火水は主人も居りませんから」と言って、住所を書いた紙片を差し出した。列車が西舞鶴に着いて、私は「丹後二号」を降りた。

V

この章はエピローグです。あなたが書いて下さい。

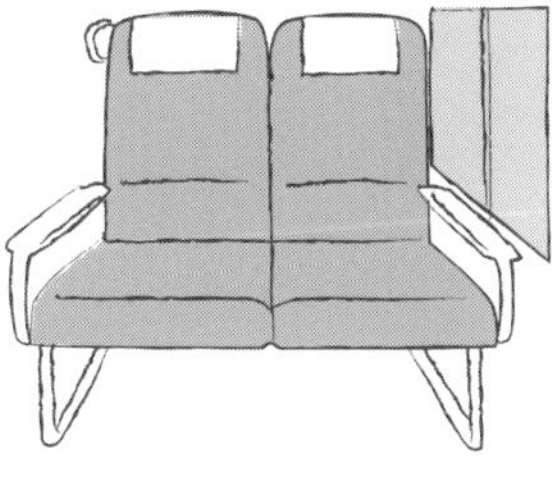

9　さよなら僕のメルヘン

僕のように、空想の中で現実に片想いをしてしまう人間のことを人は〈ロマンチスト〉と言うのだろう。この短文は、僕の旅日記と空想との合作である。

※

十月　一日

〔日記の走り書き〕

北海道最初の朝、トラピスチヌ天使園（女子修道院）へ行く。湯川より徒歩三十分。丘の上に建つ、赤レンガに緑の屋根が美しい修道院。人影まばら。バター飴の香ばしい匂い。修道院から函館まではバス便悪くそれが幸いして女性三人とタクシーに同乗ということになる。只それだけだが、これで後輩たちへの土産話が出来た。学会は午後より出席。

………

〔空想の覚え書き〕

◆修道院の売店で、僕が時刻表を調べていると、はたち前後、三人連れの女性が入って来て、「いま何時ですか」と尋ねた。彼女達は、先程、マリア像前で写真を撮ろうとして、居合せた僕にシャッターを押すよう頼んだ人達であった。僕は、ファインダーを覗きながら、綺麗な人だなあと思ったのを覚えている。僕が「九時十五分です」と答えると、彼女達は、次のバスでは列車に間に合わないから……どうしようというような相談をしていた。北海道は、旅行前の想像以上に列車やバスの便が悪い。僕は、写真を頼まれた時の気安さから、彼女達を誘って、函館駅まで一緒にタクシーに乗った。

◆列車の時刻まで駅前の喫茶店で時間を潰すことにした。僕はこの時、既に今日の行動を彼女達と共にすることを決めていたようである。

◆三人は、昨夜、函館のユースホステルで同じ部屋に泊り合せ、その内の二人は東京の人で、約二週間の北海道旅行の間に偶然に三回も出会ったことが切っ掛けで知り合いになり、今夕一緒に青森へ渡るとのことである。もう一人は金沢の人で、昨夜函館に着きこれから北海道を旅行する人である。

◆僕達は、函館駅から十時十五分の列車でトラピスト（男子）修道院のある渡島当別へ向った。駅から右手に小さな坂を駆け上ると、急に視界が開け、なだらかな山麓に広がる牧場の中をまっすぐに伸びた道の彼方に修道院の建物が現われた。尖塔をもつその建物は、ヨーロッパの古城を思わせるように、ひっそりと、幻想的に佇んでいた。緩い坂道を振り返ると、乳牛の遊ぶ牧場の向うに函館湾が拡がり、漣の立つ海面は秋の陽ざしに輝いていた。

◆北海道に来るまではそれぞれ全く未知であった四人が今、このような風景の中を楽しげに歩いているのである。僕はここでは、女性といる時の堅苦しさや落着きの悪さを感じなかった。僕にこんなことが幾度あったであろう。気が付くと、東京の二人が数米遅れ、僕と金沢の人が並んで歩く格好になっていた。僕達は歩きながら、時々平凡な会話を交す程度であったが、僕にはそれだけで充分であった。僕達を取り巻く自然がそれほど美しかったのである。

◆東京の人達が三度も出会ったということから、僕も金沢の人と一度位は会うだろうと思った。正直に言えば、会いたいと思ったのである。それは、僕がその人に惹かれる何かを感じた所為であろうが、同時に、僕がトラピストの幻想的な風景にひどく心ひかれ、その中にいた彼女をその風景の一部分として感じていたということも、その理由の一つであろうと思う。

◆函館駅での別れの際、「また何処かで会うかもしれないね」と言うとその人は「私、そう祈ってます」と言って、予定のコースを詳しく教えて呉れた。そして、最後にその人が「さよなら」と言った時の微笑みは僕を空想の世界へ駆り立てるに充分であった。

◆あの人と会って数時間であるのに何ともなつかしい気がする。読書が好きと言って、彼女が何気なく引用した「伊豆の踊り子」の「いい人はいいね」という言葉が妙に印象に残っている。僕は学会のため、彼女より一日遅れて函館を発つことになる。

※

十月　十日

〔日記の走り書き〕

連絡船上。北海道をあとに津軽海峡を渡っている。素晴しい北海道であった。雄大な自然とともに、出会った様々の人。そして、それらの人とありのままの姿で接することの出来たこと。それが何よりもうれしかった。…………

〔空想の覚え書き〕

◆もともとこの広大な自然の中に、「さよなら」を言った時のあの微笑みを見つけることは、大海に一粒の真珠を捜し求めるようなことであったかもしれない。とうとうあの人には会わなかった。どこへ行っても素晴しい北海道であったが、彼女に会わなかったことのみが心残りである。会うことを期待しながら——東京の人達が三度も出会ったと話していたのでそれは当然と思われた——旅をしている内、いつの間にかそれをこの旅行の目的の一つにさえ思うようになっていたのかもしれない。だから、それを果さずにはこの旅が完結しないように思われるのである。

◆あの人に手紙を書いてみようと思ったが、その人の名前はおろか、顔さえもはっきりとは覚えていない。思い出せるのは、あの微笑みだけのような気がする。せめて、はがきに「さよなら僕のメルヘン」と書いて、紙飛行機でも折り、それを連絡船から夜の海へ飛ばしてみよう。それがいつか白いカモメとなって、あの人のもとへ飛んでいくことを祈りながら。

❊

〈ロマンチスト〉と呼ばれる人間は、現実の夢を空想の世界に開花させようと努力しているかの如くにみられがちである。そのため、彼らはしばしば〈夢想家〉として軽蔑されるのである。しかし、彼らは、例えば空想の中での恋が現実には片想いに過ぎぬというようなことは、充分知っているのである。〈ロマンチスト〉とは、それにもかかわらず、夢に向って積極的に行動する人間のことであると僕は思う。

10　みずいろの足跡

秋の北海道で少年と少女が出会ったのは、片田舎の小さな駅においてであった。その駅には二人きりであったので、自然少年と少女は言葉を交すことになった。二人はまもなく来た同じ汽車に向い合って座ったが、少女はその駅から三つ目の駅で乗り換えて西へ向い、少年はそのまま東行の汽車に乗って旅を続けたので、二人の旅での出会いはそれきりであった。しかし、二人とも口にはしなかったが、少年は少女の品のよい美しさにたちまち魅せられたし、少女にしても、旅での出会いというものが思えば思うほど偶然の重なりのように思えて、反って何かしら運命的なものさえ感じた。幸いなことに二人はところと名前を紹介し合っていたので、旅から帰ると少年は早速少女に手紙を書いた。その手紙に少女も応え、いつしか二人の交際が始まるようになった。

♧

少年は京都の工業学校へ通い、少女は静岡の洋裁学校へ通っていたが、旅での短い会話の中で、少年はとっさの思いつきから、水産学校へ通っていると少女に偽った。それは、日ごろ少年が工業という言葉に少しばかり罪悪感を抱いていたことと、船とか海というロマンチックなものを連想させる水産という言葉を、そのとき瞬間的に思いついたためであったが、その嘘のために、少年は二人の間で海とか魚のことが話題になるたびに、冗談を言ったり、嘘を教えたりせねばならぬはめとなった。

♧

最初のデートは少年が少女の地を訪ねた。二人は日本平から富士山と清水港を眺め、そのあと、少女は少年を三保の水族館へ案内した。そこで少女はしきりと魚の名前を少年に尋ねたが、もとより少年の知っている魚はほんのわずかであったので、少年は少女の指さす魚に、思いつくままに、速く泳いでいる魚をハヤウオとか、赤い魚をアカウオとかメデタイとか、あるいはフグをチョウチンウオなどと出鱈目な冗談ばかり言った。少女はそんな嘘を「面白い名前ネ」とか、「変なの」などと言いながら楽しそうに聞いていた。

夕方、三保の松原で、少女が海水の塩からい理由について少年に尋ねた。少年は、海中都市のことでも聞いてくれればよいのになどと思いながら、海水を指につけてなめてみた。そして、「海で溺れた人の涙のせいかもしれないよ。少しだけなめてみると涙の味のするものだよ」と言った。少女は、少年と同じように指をなめて肯いた。
まもなく星が出て、汀には夜光虫が光っていた。少女が小さな声で「あの光っているのは何？」と言ったが、少年は黙っていた。ほんの少しして、海を眺めている二人の目に流れ星が映ったが、その時、少女は「あっ」と言って、「流れ星が流れている間に願いごとをすると叶えられるんですって」と言った。しかし、少年はそれには応えず、「あの光っているのは海に落ちた星くずだよ」と先ほどの答を言った。それにも少女は黙って肯いた。少年は、何を言っても少女が疑わないのに驚いた。

♧

翌年の春、少女が京都へ来た。二人は詩仙堂、銀閣寺から哲学の道を南禅寺まで歩き、そこから電車で大津へ行った。その日、少女は海のことや魚のことを話題にしなかった。ただ一度だけ、琵琶湖に浮ぶ無数のヨットを見て、「ヨットってうまく走るのね」と一人ごとを言ったが、そのとき少年は大きな声で、遠くかすむは彦根城……と琵琶湖哀歌をうたいだした。

その夏、二人は名古屋で会った。朝のあいだ二人は東山公園に遊び、午後は名古屋城やテレビ塔を見てから、広小路をぶらついた。少年にはこの日、ぜひ少女に言いたいと思っていることがあった。その言葉を少年は、喫茶店にいる時にも、東山公園の木陰にいる時にも言いそびれ、とうとうその日が暮れて名古屋駅に戻ってきてもまだ言えなかった。そして少年がその言葉を言ったのは、少女が帰りの列車に乗る間際になってであった。売店で買ったみやげ物を手渡しながら、少年はようやくの思いで、「実は、ぼく、好きなのです」と少女に言うことができた。その時、それまで少年の言葉を一度も疑わなかったはずの少女が、初めて少年の言葉に、「そんなこと、また冗談でしょ?」と、少しほほえみながら、いさめるように言った。しかしその言葉は、丁度そのとき鳴り始めた発車のベルに消されて、少年の耳には聞えなかったようであった。少女を乗せた列車の赤い尾灯が遠ざかっていくのを少年は見送っていた。

11 月の女《ひと》

星火は冷たく凍った夜空に尾を曳いて流れ落ちた。白い十五夜の月が入江を照らしていた。煙を白く靡かせた船が時おり悲しく汽笛を残して、舞鶴の港を出ていった。その響があまりに寂しいので目を閉じている内、私はね入ってしまった。原稿用紙を前にしたままであった。

初雪の朝

山の緑も地の色も全てが白く塗りつぶされていた。雪に長靴がすっぽり埋った。私はいつもより三十分早い汽車を蓮華寺駅に待った。勤人は殆んど更に一汽車早いため、駅には十人ほどが待つだけだった。ホームの端近く、濃紺のオーバをつけた見慣れぬ女学生がいた。背の雪が明るすぎて姿だけしか見えなかったが、美しい影をしていた。私のT高より一駅向うのU女子高へ通っているらしい。

汽笛が聞えると、人々が動いた。N町発の汽車はすいていた。それでも、車内に入ると眼鏡が曇った。スチームがよく効いていた。目の被が消えてゆくにつれ、動悸の音が聞こえそうであった。

先ほど影のようにしか見えなかった少女が通路をななめ横切ってこちら向きに座っていた。その目が描いたようにあざやかで、やや丸みをおびた頬に鼻が形よく整っていた。少女の胸をその向いにいる男の新聞が隠していた。隣に友でもいるらしく、長めの首を横に色のきれいな唇の間から時々白い歯をみせていた。

　その話声からすると、隣の少女は中学で私と同級の和子らしかった。少女の唇が窄むたびに、えくぼが笑いかけるので、その神秘さにみとれている内、ついに彼女と視線があった。あわてて窓を見たが露が白く何も見えなかった。私は耳に温度を感じ、つづいて頬が熱った。手を伸し窓の露を拭ってみたが、外もやはり白かった。汽車が速度を落すと、男は広げていた新聞をオーバのポケットに押込んで立ち上った。それに気をとられているとまた、少女の温い視線に交錯した。目をふせてこんどは彼女が頬を薄赤らめた。

　汽車は再び動き出した。それから少女はずっと私から目を逸《そら》している風であった。しかし、話は跡絶え勝ちであった。少女の目に合うことを恐れながら彼女を見ていると、その表情に何かさびしげがあるように思えた。月を見ていて涙ぐむ、あのさびしさであった。やがて、汽車がＴ駅に近づいたので仕方なく立つと、和子が私に気づいて、「おはようさん」と明るくいった。その声に励まされて怯じけた少女はやっと顔を上げて、私を見た。唇が少し開いて心もち微笑んだ。雪のホームに私を残して、汽車は遠ざかって行った。

雪の夜　――再会

私は来年京都の大学を受ける。進学補習を終え外へ出ると、昼からの雪がまだ舞っていた。冬の日は短く、蓮華寺駅に着いた時にはすでに日が暮れていた。雪は激しく、簡素な待合所の電灯がやっと見えるほどだった。私はその灯をめがけて走った。その下に先日の少女が立っているので驚いた。凍った二人の息が混って一つになった。耳の雪が融けそうであった。私は頭や胸の雪を払い、雪間を待つため駅長室に入った。壁に傘が二本よせかけてあった。駅長（彼は唯一人の駅員でもあるが）は見廻りに出ているらしかった。少女が遠慮勝ちにストーブをはさんで真向いに腰をかけた。顔の赤いのをストーブが庇ってくれた。沈黙の二人に、蓮華寺から大師講の読経が微かに聞えてきた。話し出すのは恥しかったが、このまま黙っているのがなお恥しかった。ストーブが勢いよく音をたてて燃えた。

「いつ頃からこの町に・・・・」

「この秋、継母《ハハ》の実家へ来ましたの。父が亡くなったものですから。」と澄んだ声ではあったがさびしく言った。その時、私はつまらぬことを聞いたと思ったが、却って彼女が近い者に感じられた。二人は互いにぽつりぽつりと話しはじめた。

やがてして、話の間が短くなってきた頃に、雪は小ぶりとなった。私は何故か心とは反対に立ち上った。「私、継母《ハハ》を待ってますから。」と彼女がうつむきかげんに言った。なおここに居残るのが、私にはうしろめたく思えたので、襟を立てて小走りにホームの坂を降りた。

思　慕

章子の学校は始業が二十分早く、しかも一駅遠い。そのため、だいぶ早起きをしないとホームに彼女を見ることはできない。勉強で夜がおそくただでさえ朝は起きづらいのに、まして冬のことである。それでも章子に会えることを思えばそんなことは少しも苦になりそうになかった。しかし、受験生である私にはそうまでするのが罪悪でもあるかのように思えて気が咎めた。私の心は沈鬱であった。けれども、それは新嘗祭の日から三日間だけのことだった。章子に対する鬱念は遠ざかった。

待合室

薄春の訪ずれる頃、蓮華寺駅に降りると、章子が微笑んだ頬にえくぼを浮べて、どちらかというと控え目な態度で話しかけてくることがよくあった。その笑みに試験前の近迫した心が和らいだ。

章子は章子でまたそれで安慰されるのであった。彼女は母の帰る時刻よりもずっと早くからホームに待つことが多かった。そして、いつしか二人には駅の待合室が楽境となった。

哀　別

私はいよいよ京都へ発つ。汽笛が鳴った。デッキに立った私を母と弟とが見送っていた。「身に気をつけてね」という声は潤んで跡切れとぎれだった。その隣でもう一人、章子が黙って瞠めていた。何知らぬ汽車が動き出すと左手を頬の辺りにさびしく振る章子の眸の露が待合室の灯に瞬いていた。汽車につれて章子も動くため、彼女は電灯に照らし出された影となって、しだいに縮んでいった。汽車が右に曲ってその形は隠れた。急いで右のデッキに身を寄せて振り返ったが、汽車は汽笛を残してトンネルに入っていた。

この時になって、はじめて私は悲しいという思いがして別涙が頬を流れた。

私が客室に入った頃には、汽車はすでにトンネルをぬけ暗闇を走っていた。

帰郷

夏休みが近づくと、章子の姿が一層星のようにちらつき私を離れなかった。京都を発つ四日前、思いきって私は章子にはじめての手紙を書いた。ただ帰郷を知らせるだけのものだった。まともに書くのがてれくさいのでローマ字で綴った。それでも肩に力が入って、手が震えた。

私は少々はにかみながら期待に胸を膨ませて、蓮華寺駅のホームに降りた。誰一人私を待つ者はなかった。汽車が出て行った後に、遠く低く読経の声が私を迎えた。川沿いに歩いてゆくと、女学生らしい一団が背に出かけの月光を受けて静かに近づいてきた。私はこの中に章子を期待した。

「章ちゃんが・・・・」と和子が私の前に泣き沈んだ。月のかかった清冷山の中腹から、白い煙がゆるく昇っているわけが解った。歳二十の章子が月へ帰って行く姿であった。頬を伝う涙が冷たかった。

冷えきった頬を伝わる涙が熱いので私は目が覚めた。寒月はもはや姿を隠していた。舞い降りる雪をじっと観ていると、どんどん雪天へ吸い上げられていくようだった。やがて、雪に隠れた月にまで辿《たど》り着きそうであった。

12　女ひとり

（峰子は雑誌社に勤める三十過ぎのいわゆるハイミスであった。器量のよい彼女は、学生時代にはよくモテる方であったが、勝気な性格から来る自尊心の強さが彼女から次第に男達を遠ざけたようであった。学生時代には結婚に対して憧れを抱いていた彼女も、就職して相当な収入を得るようになると、今さら結婚するよりも、一人の方が気楽に暮せると考えるようになっていた。）

　ある朝、峰子はバスを待ちながら新聞を見ていたが、目の前の坂道をバタ屋の夫婦が車を押して通りがかると、うさんくさそうにそちらへ目を遣り、それから再び目を新聞に移して『悲惨　忘れられた市民　焼死した一老人の記録』という見出しの記事を読み始めた。それはこんな風に記されていた。

『……三百万人の大都市大阪の町なかで、電気もガスもない〝原始生活〟の老人、三浦真悟さんは死んだ。住所不定のルンペンではない。バラックながらわが家を持ち、住民登録もして、四半世紀もそこに住み続けた「市民」だった。だが、老人が死んでみると、かけつけた肉親も近所の人も、警察や区役所も、だれ一人、老人の日ごろの暮しぶりを知らなかった。……三浦さんと社会との〝隔絶〟をつないでいたのはただ一つのトランジスターラジオ。そのラジオもまた焼けた。

（朝日新聞）』

読みながら峰子は自分の孤独について考えていた。

その日の夕方、机に向っていた峰子が二階の窓からふと外を見ると、朝のバタ屋夫婦が仕事を終えて帰っていく所であった。空の車に妻が立ったまま乗りそれを夫が曳いて、二人はいかにも楽しげに坂道を下っていった。峰子はしばらくそれに見とれていたが、やがて立ち上って、暗くなりかけた部屋に明りを灯した。

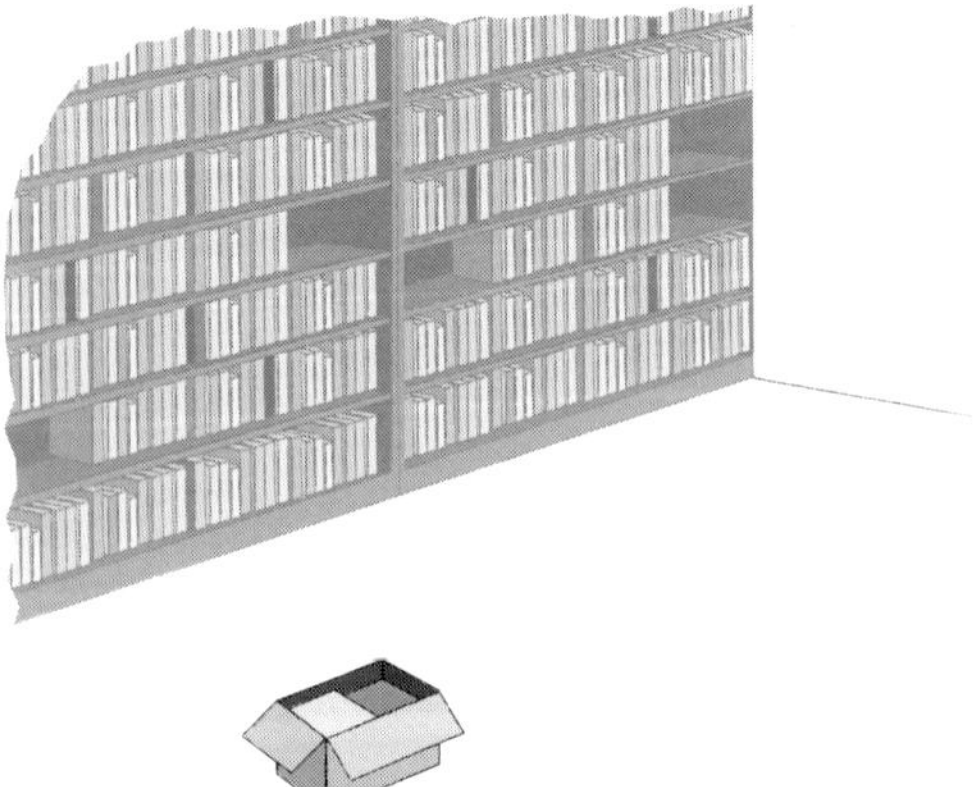

13
雑感一束

これらの短文はいずれも原稿用紙一枚（四〇〇字）という枠を設けて書いたものである。これらの内には、極く気軽に書いたものもあれば、真面目に書いたものもあり、また、私の思惑を超えて筆がやや先走りしたものもあれば、相当むりをして捏ね上げたものもある。何やら言訳がましいが、いずれにしろ、これらは私のささやかなあそびと思って頂きたい。

鬼は迷惑

「鬼はーソト、福はーウチ」節分の夜に豆をぶっつけられて追い出された鬼はどこへ行くのであろう。おねしょをよくする子は、節分の夜に自分のふとんを背負って歩き、通りがかりの人に「僕のおねしょ売ります」と言ってくるように母親から言いつけられる。そうすればおねしょがその人に移って、直るということらしい。病気でも頭の悪いのでもこのようにして人に売ればなおるということである。節分の豆まきで鬼を追い払うなどというのは仲々ユーモラスなことだと思っていたが、考えてみるとどうも利己主義的な行事のようである。「鬼はーソト」というのも「どこか他の家へ行け」といっているように聞える。そう言われて冬の寒空に追い出された鬼は、仕方なく、豆まきをしていない家にこっそりと住み込むのであろうか。鬼ヶ島のあった時代ならともかく、そんなものはどこにもない今の日本で、鬼の方も迷惑に思っているにちがいない。

広場の喪失

水産学科は京都移転によって広場を失い、そこから生れていた人間的連繋を失いつつあるように思う。舞鶴時代の学園には、バラ園の芝生や海岸の松林、卓球場、木陰のベンチ、桟橋、食堂や寮などいたる所に人の集う場所があり、ごく自然な人々の語らいがあった。その中からクルージングクラブが誕生し、夏季大学が生れ、恋が芽生えたりもした。京都ではそのような語らいは難かしい。建物が五階に分れており、ただでさえ上下（各階）間の交流が悪いのに、おまけに各室が扉で閉ざされ、外からは見えぬ構造になっている。そのため、特に用でもない限り入りにくいし、そこで「今日はいいお天気ですね」から始まるムダなおしゃべりもしにくくなった。たまに廊下や階段ですれちがっても、そこは所詮通路であって広場ではない。建物の外は自動車道路である。この建物で実験はできても、そこは研究生活の場とは言いにくいように思う。京都へ来て、水産学科は大事なものを失ったのではなかろうか。

主婦の才能

夜遅く急に用事を思い出してあるお宅を伺った時のことである。気楽な相手ではあったが、私は夜の遅いことに気兼ねして何となく落ち着かぬ気分であった。しかし、まもなくそれは私の思い過しであることが解った。点心代りに奥さんの運んで来られたバナナによって、私は大層歓迎されているようでうれしい気分になった。そのバナナの皮には食べやすいように包丁が入れてあったのである。おそらく何げなくされたことであろうが、そこには思いやりの心が素直に込められているように思えた。ほんのわずかなことであったが例えばこのような工夫が来客をくつろがせ、喜ばせるのであれば、これも家庭の主婦の一つの才能であろうと思った。素直で、やさしくて、思いやりのある女の子がいいなどと言ったら、こわいお姉さん方から軽蔑されそうであるが、女性の自然な思いやり、やさしさに触れることはうれしいことである。

団地の子供達

団地（新興住宅街）を歩きながら子供たちのことを考えた。私達が子供の頃、家の回りには畑や竹藪や空地があり、環境は変化に富んでいた。そして、将来それらの場所が何になるかという夢もあった。しかし、効率よく区画された団地にはそのような空地はまずないし、もしあったとしても、たいていは団地予定地である。従って、団地の子供達は自分達の将来の環境について色々と想象する楽しみを知らないようである。また、一般に団地を構成するのは殆んどサラリーマンの家庭である。どの家庭も似ている。私達の子供の頃のように、魚屋の子供があり、お寺の息子があり・・・といったことはない。クラスの大部分がサラリーマンの子供であるような雰囲気で育った子供達は、我武者らに勉強し、やがてごく当り前のようにサラリーマンになっていくのであろうか。このような変動の少い団地の環境や生活が子供達にとって本当に幸せなことかどうかということは、また私達にとっての生きがいの問題でもあるように思う。

コギト・エルゴ・スム (1)

Cogito, ergo sum. はデカルトの有名な言葉（ラテン語）であるが、時々誤って引用されているようである。私はこの言葉を高校の歴史の授業でYという教師から習った。ラテン語の動詞は、単複、人称、時制等のちがいによって語尾が変化するため、特に主語を必要としない。Cogito と書けば I think の意味であり、「在る」という意味の動詞（現在形）は sum, es, est, sumus, estis, sunt という風に変化する。ergo は therefore に相当する接続詞である。これをY先生は、ergo が ego（自己）の語源であるという風にまちがって教えてくれたのである。人を教育するということは極めて難しく、責任重大なことである。当時Y氏は校外活動に熱心の余り休講が多く、私達はY氏の教育者としての責任感に疑問を抱いていたが、私達が授業に期待していたものを考えると、余り偉そうなことも言えなかったという気が今はする。Cogito……とは余り関係のない話だが、蛇足ながらこんなことを思い出した。

コギト・エルゴ・スム (2)

Cogito, ergo sum. についてはもう一度、まちがって教えられたことがある。それは旺文社のラジオ講座（現代文）においてであった。講師のS氏は丸山真男の「日本の思想」の一節を引用し、その中の「コギトの原理」という語に対して、「コギト」とは「エルゴ・コギト・エルゴ・スムの略である」とまちがって解説されたのである。通常、私達は新聞や放送に対しては非常な信頼感をもっているが、色々な意味で、それらがいつも真実ばかり言っているとは限らないようである。しかも、報道の誤りは訂正が困難なため、このことは問題によっては重大なことである。「報道は中正な立場に立って……」とよく言われる。それは、現実に正しい立場に立って事実（本質）を伝えるという意味であろうと思うが、現実には、強者にも弱者にも（又は右にも左にも）属さないという意味か、あるいはそれらをたして二で割る式の安易なごまかしがあるように思う。それは中正な報道からの逃避であるような気がする。

14

廣告類似興味減少《よくにたこうこくのはなし》

最近のＣＭには、その発想・表現方法等において、随分面白いものが多いが、同時に、類似パターンのＣＭもまた多く見受けられる。例えば、

逃亡雑踏《とかいをぬけだして》

夕焼鈍行《きしゃははしる》

孤独三昧《みがるなひとりたび》

美味麒麟《いのちのせんたくだ》

時刻表のうら表紙に載っていたビール会社のこのＣＭは、旅人の心情をうまく把えた作品と言えるが、その後、これに似た形式のＣＭにはよくお目にかかるように思う。以下にその例を挙げると、

①命短恋乙女《いのちみじかし》
我胸中告白《こいせよおとめ》
今回有希望《こんなことばも》
宿最適京成《たびなれば》

これはある週刊紙で見かけた、京成ホテルのＣＭである。

②入秋物価日日高《値上がりの続く秋》
印刷同業立絶境《このままではつぶれます》
業界為争正当利《利潤確保のための》
茲開業者決起會《業者大会を開きます》

これは近畿印刷協議会の新聞広告の文句である。

③涼風爽秋《さわやかなあき》
利率上昇《りえきもふえた》
好機到来《このチャンス》
貸付信託《みつびしの》

これはごく最近の三菱信託銀行の新聞広告である。

　ＣＭ製作という、オリジナリティーが尊重され、また突飛な思いつきでさえ作品に反映しやすいと思われる仕事において、このようにオリジナリティーの乏しさを感じさせるものが少なくないのは、素人目にも随分残念である。もっとも、それらが同一作者または同一提供者によるものであれば話は別であるしまた後出の作品がいくらかでも前作を越えているのであれば幾分は救われるのであるが、例えば、先にあげた①～③について言えば、いずれも個々の文章等に工夫はみられても、発想自体に新しさが感じられない以上、残念ながら、それらの作者が、お釈迦様の掌で奮闘している孫悟空のように思えてくる。願わくば、仏祖の掌にとらわれることなく、自由奔放に天空を飛び廻ってほしいものである。

おわりに

数年前に自分が癌にかかっていると知った妻は、身の回りの整理をしながら、「あんたも早く終活を始めた方がいいよ」と言ったことがある。急に終活と言われても、私には相当気の重いことであり、それなりの決心がいることであった。何しろ私の部屋とベランダのロッカーには書籍や書類の詰まった段ボール箱が合計二十個近くあり、さらに近所のレンタルルームにも三十箱近く預けてあったからである。妻の問いかけに私は曖昧な返事をしていた。

しかし昨年末に妻が他界してしまった今となっては、彼女の言ったあの言葉は遺言のようにもなって、私は重い腰を上げることになった。そうして始めた終活の最初の成果がこの冊子なのである。『終活で見つけた僕の青春』というタイトルをご覧になって、「年寄りの恋愛話」かと思われる方がおられるかもしれないがそれは誤解である。本書に収めた詩や短編は、私が学生時代に『ノクチルカ』という学科（京都大学農学部水産学科）の親睦会誌に寄稿していたものである。ほぼ半世紀ぶりに読み返してみると、自分なりに青春時代が思い出されて何とも捨てがたく、それらを再集録して残しておきたいと思うようになった。終活というと要らない物を捨てるように言われることが多いが、私にとっての終活は物を増やすことになってしまったようである。

本書の出版に当たりいろいろとご尽力をいただいた恒星社厚生閣の小浴正博氏に厚くお礼申し上げます。

初出一覧

ノクチルカ 4 号 (1965 年)	月の女《ひと》	75
ノクチルカ 5 号 (1966 年)	少年と子犬	45
ノクチルカ 6 号 (1967 年)	侘しい滑稽	18
	軽蔑すべき言葉、墓、耐え難い憂鬱	26
ノクチルカ 8 号 (1970 年)	夏のない四季	8
	恋人同士のゆめ	32
	ためいき	34
	おもいで	37
	かげろう	38
	廃村の秋	43
	みどりの花	53
	車中の風景	57
	女ひとり	83
ノクチルカ 9 号 (1971 年)	古い日記	40
	さよなら僕のメルヘン	63
ノクチルカ 10 号 (1972 年)	少年	27
	美人の眼	28
	縮図	42
	雑感一束	87
ノクチルカ 11 号 (1973 年)	ぼくのフルート	29
	さめたコーヒ	39
	みずいろの足蹟	69
	廣告類似興味減少《よくにたこうこくのはなし》	95

詩《し》と短編集《たんぺんしゅう》

終活《しゅうかつ》で見《み》つけた僕《ぼく》の青春《せいしゅん》

2022 年 8 月 25 日 初版 1 刷発行
著者 藤井《ふじい》 建夫《たてお》
装丁・挿画 田中《たなか》 朝子《あさこ》
発行者 片岡 一成
印刷・製本 株式会社国際文献社
発行所 株式会社恒星社厚生閣
〒160-0008
東京都新宿区四谷三栄町 3 番 14 号
TEL 03（3359）7371（代） FAX 03（3359）7375

ISBN978-4-7699-1683-3 C0095

（定価はカバーに表示）